KB078779

봄은 문 밖에 와 있는데

상처가 나지 않는 훈훈한 바람 타고

운천 오덕환

좋은땅

책 머리에

시간이 응어리 되어 호숫물 가운데 기둥 되어 박히고 세월
이 큰 고목 가지에 대롱대롱 매달려 열매가 되었다. 잔뜩 당
긴 고무줄총에 튕겨 나온 유리구슬처럼 이 세상에 던져진
후 수많은 계절의 변화를 몸과 마음으로 겪고 지냈다.

길게 드리워진 그림자 속에 하나둘 쌓인 드라마 같은 사연
들이 내 발길에 모난 돌이 되었다.

일 초도 쉬지 않고 들숨과 날숨이 반복되고,

일 초도 쉬지 않고 심장의 박동이 계속되고,

일 초도 쉬지 않고 혈류는 관을 달린다.

나무는 오래 묵을수록 둥치는 굵어지고 나뭇잎은 무성하
다. 인간은 오래 묵을수록 둥치는 가냘퍼지고 몸덩이와 마
음은 쇠락해져 보잘것없이 쪼그라든다.

그래도 아등바등 버텨 온 지난 시간과 세월은 호수에 기둥
이 되고 나무에 열매가 되어 오늘에 이르렀다.

내 작은 가슴속에 담겨 있는 마음과 삶의 파편들을 주어 모
아 몇 자 글로 옮겨 보고 싶어 이 책을 만들었다.

내가 그 속에 들어가 나를 바라본다.

2022년 12월 초겨울에

雲泉 吳德煥

목차

제2부 봄은 문 밖에 와 있는데

제3부 마케니아꽃

제4부 이 한마디에

제5부 내가 사는 이유

제1부

세상에 본 적이 없는 과일이 있다 해서

세상에 본 적이 없는 과일이 있다 해서

세상에
한 번도 모습을 보인 적이 없는
과일이 있다 해서
도심 속
고달픈 발걸음을 서둘러
보도 위 사각진 구석을 돌아
해 뜨기 전
이슬방울 고통을 함께 했네

세상에
한 번도 먹어 본 적이 없는
과일이 있다 해서
숲속
풀벌레 허물 옷
가지 없는 나무 둥치에
반쯤 걸린 산비둘기 그림자
해 뜨기 전
하얀 밤 끝자리에 아침노을 함께 했네

세상에

한 번도 그 이름 들어 본 적이 없는

과일이 있다 해서

산 그림자

멀리 나무 웃음소리 함뿍 담겨

무지개 자라는 호수 물결

해 뜨기 전

안개 속 빠알간 과일 얼굴 오늘 함께 했네

당신에게

해거름에
해를
다시 중천으로 되돌려 놓으라 해도
나는 할 것이오
천 길 벼랑에
도라지꽃을 따 오라 해도
나는 할 것이오
비바람 눈보라 무더위가 몰아쳐도
나는 당신의 울타리가 되고 지붕이 되리다

당신의 고운 얼굴 고운 자태가
세파와 세월과 악마의 장난으로 뭉그러진다 해도
당신은 나의 보석이오 보물이외다

당신의 눈에 물이 고이면
내 가슴은 갈키질을 하고
당신의 입가에 미소가 보이면
내 가슴은 환희에 벅차오이다

당신이

아무리 변한다 해도

나는 당신 곁에 담장이가 되어 당신을 지켜드리리

한평생

당신을 향한 해바라기 되어

영원히 당신만을 사랑하고 따르리

영원히 당신 곁에 망루가 되리니

당신은 나의 등대가 되어 주오

밤과 낮의 구분 없이

당신을 향한 향기가 되고

당신을 향한 빛이 되고

당신을 향한 꽃이 되고

당신을 향한 머슴이 되리다

새잎 돋는 산을 보며

초록
연두
노랑
하양

새잎 뭉게구름
새물 오른 넓은 정원

작은 뭉게
큰 뭉게

큰아씨 젖가슴

무지개

보 남 파 초 노 주 빨
빨 주 노 초 파 남 보

물감 끼얹어 투명한 하늘의 프리즘
계단 없는 무등 너머로
공중제비 하던 잠자리
빨래 위에 졸고

장가가는 호랑이
시집가는 여우
두둥실
쪽빛 사이로 가마가 흐른다

지붕 꼭대기 걸린 공작 꼬리
색실 그네를 매어 볼까?

여름 산

낮은 구름을
머리에 이고
산기슭 모퉁이에
오롯이
서 있는 키 작은 소나무

한 가락 바람에
골짜기는 밝아지고
흩어진 조각구름은
못 견디게 그리운 옛 생각을
언덕 너머로 흩날린다

이슬 머금은 소나무 향기에
내 마음은 춤추며 달음질치고
웅크린 가슴은 드넓게 펼쳐진다

풍경소리보다 낮은
여름 산허리
목화솜 같은 안개 빗물
반짝이는 솔잎

마음의 창문을 열어 본다

가을 풍경

두 줄 비행운이 높이를 모르는 하늘을 가르고
고추잠자리 떼 날개바람에 땀방울이 물러간다

황금빛 논바다에 손짓하며 웃고 있는 허수아비를
연장 어깨에 맨 농부의 진한 얼굴이 닮아 간다

논두렁에 콩대가 통통히 영글고
고개 숙인 수수 이삭이 소슬바람에 속삭인다

빠알간 고추가 멍석에 파도치고
지붕 위 하얀 박통은 낮에 나온 보름달
처마 끝에 걸린 붉은 감이 시리도록 곱다

한 삶을 끝낸 단풍이 핏빛으로 번지고
끝없이 흐르는 냇물에 진한 소식 한 장 띄운다

황달 걸린 은행잎이 계절을 잉태하고
마당을 뒹구는 강아지가 한가로운데
가늘어진 햇살이 부채 되어 퍼진다

스쳐 간 비바람은 잊혀진 시간들
한 해의 꿈이 가물가물 영글고
오늘 하루 속살 보이는 보람
넉넉하고 탐스러운 내일을 본다

가을 (1)

갸름한 그림자

균열의 끝에 달린
잎 하나
따뜻한 고마움으로
한결 보드라운
낭만

서걱대는 페이브먼트에
격정이 식은 뒤안길
황색 바다는
마음의 여울

바람이
머리를 휘돈다

가을 (2)

노랗게
붉게
변복하고 길에 나선다

햇살은 길고
낙엽이 온몸으로 아픔을 굴리는데

문 앞 드레 마당
비둘기 울음소리에
화려한 어제를 묻고

일망무제

텅 빈 하늘에
내일의 푸른 꿈을 날린다

하얀
종이비행기에
바퀴를 달아
굴리고

날리고

새로운
변복을 향하여

가을 (3)

울 밑 귀뚜라미
무슨 사연 있어
저리 슬피 우는지
창문 열고 내다보니
차가운 달빛만 눈에 박히고

방 한구석
국화 향기는
옛꿈을 녹아들게 하는데

멀어져 간
벗들의 궁금한 소식을
불러 모아 본다

앙상한 가로수 가지 사이로
소슬한 바람이 스쳐 가고
거리를 헤매는 낙엽들이
스산한 가을밤을 노래한다

이 밤에 깨어 앉아

일렁이는 마음에

찬바람이

가슴을 후빈다

한강

멀리
아주 멀리
전설을 머금고 달리는
여름 성난 물살
겨울 얼음 몸부림
봄가을 수줍은 속삭임

수천 리
수만 리
수천 년
수만 년

수없는 사연과 세월과 땅 내음을 스쳐와

보석 빛살 잔물결 위
한가로이 오리 한 쌍 자맥질하고
부드러이 그림자 구름 볼을 훔치는데

수양버들 그늘
지친 군상들이 세월을 부채질하고

즐거이 뛰고 뒹구는 사람과 사람들 위로

아파트 방벽 사이로

시간이 하늘을 가른다

아침에

아침에
한강을 본다
하늘 높이 허공에서
세상을 본다

은빛 무늬 물 위에
콘크리트 덩이 아파트 한 채가 둥실 떠 있다
괴물인지 거대한 여객선인지

물 맞은 작은 화초 사이로
반사된 햇살이 화사롭다

언제나
끝모르는 달림
쓸고 덮고 삼키고 할퀴고 물고
그 사이
콘크리트 덩이 속
하얀 껍질이 눈 속에서 파닥인다

긴 그림자
햇빛, 햇살

아침에
한강을 본다
물맞은 작은 꽃잎 사이로
하늘 높이 허공에서
세상을 본다

저녁

마당 가득 내려앉은
이내 속으로
머언 산들이 침잠하고

가뭇한 산코숭이
살점 없는 나뭇가지 사이로
적막한 고독이
바람을 일으키며 묻힌다

국화 향기 그리운 시간
그리움은 살사리꽃 잎 되어 흩날리고
오동 열매 살가운
세월의 지평

해 사른 뒤
하늘을 향해 오열하는
나무들의 잔상이
바닷속 같은 눈물 숲으로
가라앉는다

숨어 버린 사람의

냄새 되어

사라진다

鐘

종집
옆에 서서

종소리
울리기를 기다린다

종로
거리에 서서

종
치기를 기다린다

울음과
웃음과
종루 위에서
종을
바라보며

종
칠 때를 기다린다

창가에서

창가에 서서
내 얼굴을 본다
일그러진 잔상들이
동자에 앉고

벽돌담 구름도 잦아든 고샅
난쟁이 맨드라미가 숨을 고른다

밝은 얼굴, 밝은 걸음, 밝은 웃음, 밝은 소리

투명한
한낮 오후
강아지가 졸음을 부르고
꼬마가 흙손을 흔든다

먹물 먹은 동자 속
창에 기대어
호수의 마음을 읽는데

퇴근길

사람과 사람의 틈을 비집고
수많은 사연들이 북적대는
지하철 쇠 상자에 갇혀

신문 보는 사람
독서하는 사람
명상하는 사람
대화하는 사람

즐거운 얼굴
어두운 얼굴
화난 얼굴
슬픈 얼굴
표정 없는 얼굴

어린이
젊은이
늙은이

여자

남자

소화 불량 걸린 쇳덩이가

토해 낸 군상들이

썰물 되어

도시의 잡담 속으로 흘러든다

언제나 장날

하늘은
어제도 넓고 파랬고
오늘도 넓고 파랗습니다
내일도 넓고 파랄 겁니다

바다는
어제도 깊고 쪽빛이었고
오늘도 깊고 쪽빛입니다
내일도 깊고 쪽빛일 겁니다

산은
어제도 높고 푸르렀고
오늘도 높고 푸릅니다
내일도 높고 푸를 겁니다

나는
장돌뱅이가 되어
잃어버린 발자국과
빼앗긴 마음 한쪽을 찾으러
어제도

오늘도

내일도

길게 넘어져 있는 길섶을 따라갑니다

갖가지 하늘과 갖가지 바다와 갖가지 산을

모두 삼키고

날마다 장날이 되어

살을 비비며 꿈을 사릅니다

나는 남향이 좋다

나는
남향이 좋다

하루 종일 방안에 햇빛 들어 좋고
창가에 꽃들이 마음껏 웃어 좋고
눈밭 넘어 꽃소식을 전해 주어 좋고
살짝 고개 넘어오는 산들바람이 좋고
恒産의 꿈이 있어 좋고
담 밑에 졸고 있는 강아지가 좋고
머리 들어 바라보면 언제나 해가 있어 좋고
질펀한 가락과 푸짐한 인심이 있어 좋고

사립문 활짝 열고 남쪽의 수액을
마당 가득 채운다
집안 가득 채운다
마음 가득 채운다

나는
언제나
남향이 좋다

제2부

봄은 문 밖에 와 있는데

봄은 문 밖에 와 있는데

웅크렸던 등허리에
기지개 켜는 햇빛

땅심 올라
부시시
용솟음치는 새순

아기바람
속삭이는 숨소리
노랑 꽃잎이
배시시 잎술을 열고

거뭇한 발자국에
해맑은 웃음이
새순 새잎 새꽃으로
눈 안에 들어온다

문을 열어
고운 모습 밝은 모습
가슴 가득 담아 본다

스치고 지나가도
상처가 나지 않는 훈훈한 바람 타고
봄은 문 밖에 와 있는데

보고싶은 사람은
지금쯤

자꾸만 밖으로 나가고 싶다

봄

봄이 살랑살랑 찾아와
산야를 곱게 물들이고

봄이 휘적휘적 흔들거리며
골목골목마다 따스함을 전한다

해마다
닮은 모습으로 다가왔다가
닮은 모습으로 멀어진다

우리들 일상은
매일 같은 시간을 보내지만
어제와 오늘의
시절이 다르고
해마다
다른 모습으로 다가오고
다른 모습으로 멀어진다

봄 엽서

호수공원 벤치에
노랑 모자를 쓴 여인이
더 예뻐 보이는 걸 보니
봄이 왔나 보다

햇빛이 더 하얘지고
가까워지는 걸 보니
봄이 왔나 보다

그녀가
쉬고 있는 곳에서
겨우내 어찌 지냈는지
궁금해서
소식 전하고 들으러
가 봐야겠다

봄비

계곡수 가랑잎 속삭임은
태고의 노랫소리
대지의 등을 토닥이며
봄비가 내린다

냉이·쑥·꽃다지 새잎에
촉촉이 뿌려 주고
마른 풀도
나무 잔가지도
흠뻑 적신다

거친 숨소리는
땅속으로 가라앉고
보드런 실비는
지난날 잊혔던
전설의 안개

오래전
말라 있던 고목에
새잎이 돋겠다

봄 소리

얼음장 밑 물소리
땅울림 소리
양 볼 간지럽히는 바람 소리
햇빛 쏟아지는 소리

버들강아지 눈 뜨는 소리
나뭇잎 열리는 소리
꽃잎 터지는 소리

산비둘기 노랫소리
벌 나비 날갯짓 소리
물속 고기 자맥질 소리
개구리 목청 틔우는 소리

쑥국 냉잇국 끓는 소리

내 마음 솔바람 소리

5월 (1)

눈부신 햇살이
대지에
수북이 쌓인다
내 사랑이
함께 쌓인다

온갖 꽃들이
다투어 모습을 보인다
내 마음이
함께 모습을 보인다

산들바람이
옷깃을 맴돌고
내 생각이
함께 머릿속을 맴돈다

새들의 지저귐이
하늘을 청량하게 울린다
내 그리움
내 아쉬움

내 보고픔

함께 하늘에 울린다

5월 (2)

늦봄 밥상이 푸짐하다
하얀 햇살에
살이 오른 시린 푸르름

하얀 도화지에
무지개를 그린 색색의 꽃

하얀 들판에
파란 물감을 뿌린 풀잎

새들은
하늘 높이 날아올라
무르익은 늦봄을 노래하고

물속 수초 아래
물고기들의 몸부림이 현란하다

아지랑이 피어오르는
봄의 숨결이 대지에 잦아들고
하늘 끝으로

따스한 가슴을 활짝 펼친다

한여름 한낮

꽃망울 터지는 소리가
투-욱
귓가에 울린다

유리창에 앉아
한여름을 노래하는
매미 소리가
한가롭다

풍성한 나무들이
폭발하는 초록빛을
한껏 머금고
거리를 지나는 이에게
시원한 그늘을 안겨 준다

바라만 보아도
불같은 햇살
지친 영혼을
발갛게 불태운다
가만히 눈감고

풀벌레 소리에 취해 본다

시원한 소나기라도
한줄기 퍼부었으면 좋으련만

그리움이
저만치서 손짓한다

부슬비

창밖에 비가 내린다
우산을 쓴 사람
우산을 접은 사람

손님에게
빨리 가라는
가랑비

아니
가지 말고 있으라는
이슬비

가슴속에 내리는
비꽃

비 온 뒤

햇살이 용광로 같다
쪽빛 하늘이 한 아름이고
한줄기 실바람에 가슴속이 시원하다

멀리 산 숲에 초록이 눈부시고
길가 나뭇잎 풀잎에
물방울이 영롱하다

잠자리가 마른나무 가지에 앉아 쉬고
매미는 큰소리로 여름을 노래한다

길가 물웅덩이에
온 하늘이 다 들어 있다

산에는

투두둑
알밤 쏟아지는 소리에
하얀 속살을 드러낸
밤송이가 아쉬운 듯
내려다본다

산새 울음에
놀란 다람쥐가
양 볼 가득히
도토리를 물고 뛴다

황국 향기가
제 몸 지키려
거친 숨 몰아쉬며
멀리멀리 내음을 뿜는다

늙어 가는
산속 숲에
세월의 흔적이
물들어 간다

가을 엽서

노랑 잎
붉은 잎
바람에 쓸려 오간다

지난날 사연 안고
갈길 떠나는
가랑잎

몇 장 주워 모아
그림엽서 만든다

그림 위에 마음 얹어
소식 없는
친구에게 띄워 보낸다

가을 목

가을이
내 곁에
사뿐히 내려와 앉네

창밖
푸르름이
노릇노릇 거뭇거뭇
멍들고

길게 뻗은 도로 위에
멀리 퍼진 강둑에
아스라이 서 있는 산 위에
가을 아지랑이 오르고

영글어 가는
수수 머리채가
비닐을 쓰고
영혼 없는 구름이
새털처럼 부서지네

秋夕

돌아드는 찬바람에
소매 긴 옷을 입는다

제사상 가득한 음식들이
주인을 기다린다

모두들 경건한 모습으로
어른들을 뵙는데
해마다 마주하던 얼굴에
올해는 한 얼굴 늘었다

을씨년스러운 거리에
오가는 사람 없이
색깔 변해 가는 은행잎이
멈추지 못하는 시간을 응시한다

저녁이면 저 나뭇가지에
둥근 보름달이 매달리겠지
보고픈 모습이
달보다 더 크게

눈에 박힌다

가을 문턱에서

추석도 지나고
추분도 지나고
조석으로 소슬바람이
속살을 어루만지고

여름내
햇살과 싸우며
노랗게 피었던 감꽃 자리에
주먹만 한 하늘 젖꼭지가
주렁주렁

흰 눈 같은 억새꽃이
햇빛에 눈부시고
소금밭 닮은 개망초꽃 바다에
벌과 나비가 한가롭다

날 가는 줄 모르는 우리네 사랑이
바닥을 모르게 깊어지고
맑고 서늘한 가을은
문턱을 넘어선다

얇아져만 가는

우리네 가슴에

풀벌레 소리가 정겹다

가을 뒤안길

하얀 실난꽃이
더디게 오는 가을을 재촉하고

여름부터 흐드러지게 핀 망초꽃 위로
살랑 바람이 일면
휘 돌아가는 저 길에

그리도 좋아하던
소나무 숲 뒤안으로
등걸처럼 굽은 저 길 끝에

행여
그리운 그 사람을
볼 수 있을까?

나를
기다리고 있지 않을까?

가을을 앓는 벌레 노랫소리가
멍든 내 마음에

분수가 되어

하늘에 퍼진다

가을 아침에

아침 햇살이
눈부시게 쏟아지고
새털구름이
하늘을 수놓는데

고성 같은
아파트의 영상이
햇빛 속에 뚜렷하다

노랑 은행잎이
화려하게 빛나고
거리의 사람들
발걸음이 분주하다

가라앉은 마음
잔잔한 숨결이
가을 아침에 평화롭고

가슴속 그리움

햇살 타고

온 집안에 한가득

마음 텃밭

타는 듯한 햇살에
푸르렀던 지난 시간을
추억 속에 묻고
갈 길 잃고 뒹구는 낙엽들

고운 눈으로 바라보는
마음속 텃밭에
한 삶을 끝내고 흩날리는
색깔 고운 낙엽들

산란한 마음을 바람에 실어
멀리 떠나는데
나도 모르는 사이에
아련한 그리움으로
가슴속에 이슬비 되어
마음 텃밭에 촉촉이 내린다

꽃보다 더 아름다운
가을 색깔이
마음 텃밭에 화사롭다

봄에 할 일

추적추적
봄비가 대지를 적신다
봄비가 산수유꽃을 때리고
땅 위로 뛰어내린다

봄비가
봄에 할 일을 하고 있다
나도
내가 할 일을 하려 한다

만물이
겨울잠에서 깨어
기지개를 켜면서
이제부터 할 일을 시작한다

스쳐 지나가는 봄이
오래 머물러 있도록
자물쇠를 채워
가두어야겠다

나무

갈 때 서 있던 나무가
올 때도 그 자리에 서 있다

사계절 변화에도
끄떡없이 그 자리에 서 있다

스쳐 지나는 군상들의
수많은 이야기를 들어주고
잠시 쉬었다 가는
새들의 사연도 함께한다

해마다
키가 크고
꽃피고
가지가 풍성해지는
자신의 이야기는
잎과 꽃으로
풀어낸다

바람을 벗 삼아
그 자리에 서서
지나간 바람을
다시 기다린다

밭에서

봄 내음 물씬
쑥을 뜯고 냉이를 캔다
쑥갓을 꺾고 상추를 솎는다
부추와 머위와 돌나물을 뜯고
구기자 순을 꺾는다
두릅과 개두릅 꼭지도 딴다

고추, 가지, 오이, 토마토가 꽃을 피우고
어린 옥수수와 호박이 잡초 속에서도 실하다
일찍 핀 노란 갓꽃이 바람에 하늘대고
흰 민들레, 노란 민들레가 군락을 이루고
붓꽃이랑 고광꽃이 화사하다

고구마 모종을 흙에 꽂으며
수확의 즐거움을 생각하고
무, 배추 들어갈 자리는 비워 둔 채
살구, 자두, 앵두가 열매를 잉태한다

땅이 고맙고
햇빛이 고맙고

봄비가 고맙고
바람이 고맙고
벌과 나비가 고맙고
따뜻했던 그녀의 손길이 더욱 고맙고

그리운 사람과 함께한
그때가 더욱 그립다

구름

허공의 구름

누더기 헌 조각을 맺어
새 옷을 짓고

점점이 새털을 뿌려
상상 속의 동물을 키우고

뭉치로 심술부려
하늘을 가리고

시시로 눈비 만들어
대지를 적시고

구름은 잠시
허공의 만능 조각물이다

그러다가

몰이바람 한줄기에

흔적도 없다

사랑도
추억도
그리움도
허공의 구름

지금도
저희끼리
뭉쳤다 헤어진다

허공의 구름은 허무다

하늘

하늘은
하늘이다

하늘은 아리따움
하늘은 따사로움
하늘은 여유로움
하늘은 평화로움
하늘은 너그러움
하늘은 거대한 지붕
하늘은 심장의 대동맥
하늘은 희망

나는
하늘이 무너진 울 안에
한 마리 고슴도치가 되었네

땅꺼짐보다
더 큰 아픔이
더 많은 서러움이
온 봄을 휘감아

움직일 수 없어
생각할 수 없어
말할 수 없어

하늘은 하늘이다
하늘은 그리움이다

대보름

오늘은 대보름
휘영청 둥근달이 하늘에 둥실 떠 있다

둥근 달 속에
그 얼굴이 담겨 있다

바람 타고
나들이 갔다가 방금 돌아온
흐뭇한 그 얼굴

얼굴 가득
환한 웃음으로 밝은 모습 가득한
다정스런 그 얼굴

보름달은 언제나
차가움 속에서도
따사로움을 흠뻑 먹은
따뜻하고 화사로운 얼굴

둥근 달 속에
그 얼굴이 들어 있다

가을 햇살

고추잠자리가
비행운도 없이
하늘을 수놓고

조금 길어진
나무 그림자 위로
가을 햇살이 길게 눕는다

한 뼘 가을 햇살에
한 뼘 여름 햇살이
밀려나는데

길가 코스모스가
실바람에 한들거리고
까만 길고양이가
하얀 꿈을 꾼다

3부

마케니아꽃

마케니아꽃

아침 햇살 받아
즐거운 노래 불러

하늘 끝까지 울리는
기쁜 소식

가냘픈 꽃대에
기다란 꽃잎은
아련한 추억을 찾아가는
가슴 한복판에 피어난
그리움의 화신인가?

멀리서 들려오는
아름다운 노랫소리는
마케니아꽃이 부르는
팡파레

하늘로
산으로
강으로

쉼 없이 퍼져 나가는

팡파레

일찍 핀 꽃

봄은 용광로 속에서 피어오른다
봄은 마그마를 양분으로 자란다
봄은 미풍으로 퍼진다

주체할 수 없는 뜨거움은
참지 못해
향기 진한 아침 꽃으로
분주히 헌신하고
나비와 벌을 맞는다

품속에 숨겨 놓은
꽃 색깔 새잎
꽃 먼저 내보내고
느긋이
윤기를 보듬는다

투명한
햇살 사이로
퍼지는 꽃향기

들고양이가
크게
기지개를 켠다

아련한 그리움을
동자에 가득 담고

영춘화

필락 말락
까만 줄기에
노란 부리꽃잎이 빼꼼히 잎술을 내밀었네

찬바람 견뎌 보내고
잎도 나기 전에
성급하기도 하지

순해진 바람 타고
찾아온 자리

순해진 햇살 받고
서둘러 앞서 와

순해진 땅심 따라
수줍게 얼굴 내미는

노란 부리꽃잎
필락 말락

꽃 내음에

새봄이 따라온다

향기 별꽃

둥그런 화분 가득
보랏빛 아기 별이 화사하다

여섯 쪽 꽃잎이
별처럼
소반처럼
노랑 꽃술을 품고
자태를 뽐낸다

한겨울
응집된 사연을 풀어
하늘에 소리 지르고
땅 위에 펼쳐
인내의 고통을
향기로 뿜어낸다

은하수 연못의 별을
한 두레박 담아
둥그런 화분 가득
뿌려 놓아

별꽃 천지를 이룬다

보리의 꿈

산수유 영춘화꽃 몽우리가
터질 듯 부풀어 오른다

겨우내
눈 이불 덮고
찬바람 추위를 견디고

옹어리진 인내와
켜켜이 쌓인 외로움과
넘치는 그리움으로
찰진 고독에 더욱 괴로웠다

훈풍에
밖으로 뛰쳐나와
멀대 같은 미루나무처럼 커서
햇빛과 바람을 곁에 두고
멀리 강물을 벗하고
가까이 풀숲과 들꽃을 벗하고 싶어

어서

괴로움을 털어 내고

한발

밖에 나가야겠다

꽃눈

길에도
잔디에도
풀잎에도
호숫물에도

하얀 꽃눈이
가득가득
사뿐히 내려
흰 세상을 만든다

겨우내
응어리진 한
터질 듯 뭉쳐진 그리움
잊고 싶은 기억들
화사한 봄꽃으로 토해 내

시샘하는 바람에
꽃 이파리 흩날리고
추적이는 봄비에
여기저기

그림을 그린다

꽃눈도
밟으면 소리 나겠지
뽀드득

애기똥풀꽃

노랑나비 두 마리가
입 맞추고 앉아 있네

수없이 많은 노랑나비들
언덕을 물들여

봄이면
어김없이 피어나
사람들이
보아주건 말건
고운 모습 활짝 뽐내

햇빛 잘 드는 곳
해마다 잊지 않고 찾아와
하늘과 땅을 이룬다

시간을 모르고
몰래 하는 사랑을 하며
다닥다닥 붙어
입 맞추는 꽃나비들

애기똥풀은

참

좋겠다

紫雲英꽃

따사로운 햇살을 맞으며
살포시 사립문을 열고
언덕 가운데로 나선다

멀리
눈길 머무는 숲속에
신록이 뭉게구름을 만든다

분홍색 자운영꽃이 꽃구름을 이루고
잊혀진 기억들을 꽃잎마다 불러 모은다
녹비로 희생하는 본생은
꽃과 잎과 줄기와 뿌리가 하나로 부활하고
만개한 나의 사랑을
화려한 모습으로 보여 준다

자색 꽃밭에 작은 바람이 일고
파르르 몸을 떠는 꽃무리

어느새
고운 모습은

쪽빛 하늘 끝에 닿고

서러움과
그리움을
목울대로 삼키며
자운영꽃 속을 서성인다

망종화

늦봄이
고샅을 지나 모습을 감춘다
어젯밤
몰래 내린 빗물을 따라
고운 모습 드러낸
망종화

샛노란 네 쪽 꽃잎은
하늘을 향해 활짝 웃음 짓고
끝없이
변치 않을 사랑을
꿈꾸듯
온몸에 두른다

구름 속 햇살이
수줍어 모습을 감추고
호수 물속 물고기 비늘이
제 색깔을 감추고
풀섶에 야생화가
타고난 자태를 감춘다

망종화

태생의 고움에
마음밭 빗장을 연다

메꽃

내 이름은 메꽃이지요
사람들은 나를 보고 나팔꽃이라고 하지요
나는 나팔꽃이 아니에요
나팔꽃이 메꽃과이지요

사람들은 나팔꽃을 많이 사랑하지요
아침에 이슬 먹고 피어나 기쁜 소식 전한다네요
나팔꽃은 사람들 주변에 살지요

나는 음지만 아니면 어디든 살아요
내 줄기는 나팔꽃보다 더 잘 뻗지요
들판에 논두렁에 언덕에 담장 밑에 어디든 살지요
나팔꽃과 나를 비교하지 말아요
나도 자존감이 강하답니다
아픈 사람들에게 약재도 되지요

나는 하늘을 우러르는 햇살 바라기이지요
나는 아침이슬을 먹으며 꽃잎을 열지요
수줍음이 많아
몇 시간 지나면 꽃잎을 오므린답니다

분홍색 꽃잎은 하늘색과 같지요

내가 곧 하늘이고

하늘은 곧 '나'이지요

수크령

꽃도 아닌 것이
잎도 아닌 것이

수북한 잎꽃이
다정하게 모여 있다

가느다란 줄기에
꺼벙이 머리카락
풍성한 잎꽃에
벌과 나비는 관심도 없다

커다란 강아지풀
하늘로 솟아올라
솔바람에 흔들린다

멀리서 날아오는
기쁜 소식 기다리며

갈대

샤르르 샤르르
갈대가 웃네요
차가워진 바람이
볼을 간지럽힙니다

샤르랑 샤르랑
갈대가 노래를 하네요
한 삶을 잘 끝낸다고
즐거워합니다

샤르룽 샤르룽
갈대가 소리를 지르네요
이제 바람을 따라
멀리 여행을 떠납니다

샤르룩 샤르룩
갈대가 우네요
지난 시간
비바람 다 이겨 냈는데
남은 것은

아무것도 없고
떠날 일뿐이랍니다

으아리꽃

으아리꽃이 피었어요
봄마다
으아리꽃이 화사하게 피는 것을
두 사람이 얼굴을 마주하고
수려한 꽃모습을 바라보며
행복한 웃음을 지었지요

으아리꽃이 피었어요
두 사람이 손을 맞잡고
앞으로 몇 번이나
화사한 꽃모습을 더 볼 수 있을까?
두 눈을 마주하고
손가락을 꼽았지요

보라색
아이보리색
꽃잎마다 새겨진
해마다 다른 사연을
해마다 읽고 쓰면서
다음을 약속했지요

제4부

이 한마디에

사진을 보며

앨범 속에서
빛바랜 사진 한 장을 찾았다

예쁘게
옥색 치마저고리를 입은
그대의 고운 모습

어디
나들이라도 가려 했는지
잘 입지 않던
한복을 차려입었다

사진 속의 그대는
살짝 입술 웃음을 띠고
정다운 그대 목소리 들리는 듯하여
고개를 돌려봐도
허공만 보이고

웃는 모습 눈에 담고
정다운 목소리 귀에 담아도

보이지 않고
들리지 않아
콧속은 먹먹해지고
두 눈에 물이 고인다

힘들지?

살아가면서
힘들 일 많지?
어려운 일 많지?
마음 아픈 일도 많지?

걱정하지 마
내가 있잖아

언제든지
내 어깨에 기대면 돼

내 어깨는
항상 당신 거니까

언제나
당신을 기다리고 있어

그때 그날

당신이 먼 길을 떠난 그날
태양은 밝고 하늘은 맑았지요

바람도 잔잔한 허공에
당신의 숨소리는 조용했지요

멀리서 들리는 세상의 숨결은
갈무리 못한 남은 시간에
당신의 마음 한구석에 오롯이 남아
거친 일상의 끝을 노래하듯
몰아쉬는 숨소리에
먼 길 여행의 시작을 알리는
슬픈 색깔의 노래였지요

당신이 끝을 모르는 여행을 떠난 그날
국화꽃 구절초꽃이
당신과 함께하고
거스를 수 없는 삶의 곡절이
당신과 함께했지요

옆자리

흙 덮고
잔디 덮은
당신의 자리를
눈에 담는다

나보다 먼저
사계절 맞이하는
당신의 자리를
가슴에 담는다

흙 향기
풀 향기
꽃 향기
뿌리 향기
흠뻑 머금은 당신 자리

햇살과
바람과
눈과
비를

병풍 삼은 당신 자리

돌판 위에
글자 몇 개로
편안해진 당신 자리

그 옆자리

비어 있는 그 자리
돌판 위에도
시간이 흐른다

그 자리

그 자리에
눈이 내리네

봄 여름 가을 겨울
여든 번을 거치며 퇴적된 사연을
하얗게 가려 주고
이야기보따리를 머리에 베고
별일 아니었다며
실웃음 날리는
그 자리에
눈이 내리네

지금도
온갖 꽃들과
한살림 차리며
거추장스러운 시간들을
떨쳐 버리고
내리 쉰 한숨을 섞어
수북이 이불 덮은 쉼터

벌써

봄 여름 가을 겨울이

또 가고

그 자리에

눈이 내리네

동행

힘들면 손잡고
어려우면 마음 엮고

기쁘면 웃음 섞고
슬프면 눈물 바꾸고

있으면 나누고
없으면 더하고

추위와 더위
눈보라와 비바람은
노상의 소품

조금도 어긋남 없고
한 번도 홀로 서지 않는
젓가락 두 짝

언제나 신발 끈 질끈 동여맨
이인삼각

머~언 길
기~인 시간

生日에

기뻐라
반가워라
즐거워라
아름다워라

가슴에 세상을 품은 날

꽃피고
새 지저귀고
땅이 열리고
햇빛 찬란하게 쏟아진 날

수선화 꽃심에
가득 담은 사랑 노래
큰방 가득한 향기
한낮 반짝이는 별
밝은 하늘이 열린 날

여기

오늘

꿈속에서

마음 둘 곳 없어
꽃밭 속에 들어가네

일진광풍에
꽃들이 모로 눕네

향기를 뽐내던 시절
기억을 사르고
자태를 자랑하던 모습
자취가 없네

온갖 벌레가
스물스물
온몸을 기어오르는데
좁다란 오솔길에
미소 지은 골바람이
머리칼을 매만지네

고드름 같은 눈물에
그리운 사람 그림자는 어른거리고

넓은 들판에
무지개가 걸렸네

어찌하다 길 잃고
이 몸
꿈속에서 헤매네

밥상머리

잘 잤지?
아침 먹을 시간이야
현미밥에 소고기 미역국

소고기 미역국은
당신이 평소에 정말 좋아하던 음식이지?

거기에
딸내미가 만들어 온 갖가지 반찬들이야
우리가 맨날 말하던
진수성찬이지

맛있게 많이 먹어

당신이 음식 먹는 모습은
꼭 토끼 같아

옆에 같이 있는 사람들의 식욕을
불끈 북돋우는 모습이야

너무

보기 좋고 예쁜 모습이지

당신의 타고난 복이야

그렇다고 과식은 하지 마

살쪄

그래도

하루 세끼 때맞춰

밥은 먹어야지

그대의 품

바닷물을 몽땅 담아도
여유가 많을
그대의 품

태산을 떠다 채워도
빈자리가 많을
그대의 품

비바람이 몰아치고
눈보라가 휘날려도
풍지 울음도 없을
그대의 품

뜨거운 햇살에
돋보기를 조준해도
불꽃을 감싸 안는
그대의 품

변함없는 사랑과
끊임없는 정성과

끝이 없는 온기에

언제나

포근히 안기고 싶은

그대의 품

당신이 떠난 뒤

당신이 내가 마음에 안 든다고 먼저 떠난 뒤
내 마음의 날줄과 씨줄이
얽히고설켜
헝클어진 실타래가 되었고

당신이 내가 귀찮다고 먼저 떠난 뒤
내 삶은 둥지를 잃고
방황하는
노숙자가 되었고

당신이 내가 싫다고 먼저 떠난 뒤
내 발길은 갈 곳을 몰라
휘청거리며
방향이 없이 허우적거리고

당신이 내가 밉다고 먼저 떠난 뒤
내 시간은 멈추었고
다가오는 모든 것이
의미 없는 헛짓이 되었고

가느다란 실오라기라도

남겨 두고 갈 것을

나는 울고 있다

흑~흑~
옆의 사람들이 시선을 옮기며
내 모습을 훔친다
멀리 푸른 숲을
모른 척
뿌연 시야로 바라본다

꺼이~꺼이~
혼자 울다 그칠 수 있도록
그림자 큰 고목에 기대어
눈두덩 껌뻑이며
먼 하늘 조각구름을
얼룩진 눈망울로 올려다본다

나는 울고 있다
혼자임이 깊고 넓게 여울져
아련히 보고 싶은 마음에
짐짓 천연스런 몸짓을 하고
맑고 향기로운 꽃밭에서
눈물샘이 마를 때

삶의 무게를
저울질 하련다

안방에 갇힌 아내

오늘도 나는 집을 나선다
집 잘 봐 나 갔다 올게

나 없는 새
아내는 콧노래를 부르며
청소하고 부엌일하고 꽃도 보살피겠지
때 되면 맛나게 밥도 차려 먹고

아내는 언제나
안방에서 살고 있다
자기가 안방에 갇힌 줄도 모르고
하루를 지루하지 않게
재미있게 지낸다고 믿겠지
정말 안쓰럽다

길가 가로등에 하나둘 불이 들어오고
지친 군상들이 바쁘게 귀소하는데

나도
기다리는 사람이 있는 것처럼

부지런히 집을 향해 걷는다

안방에 갇혀 하루를 보낸
사진 속의 아내가
오늘따라 더 보고 싶어서

뒷모습

난 오늘도
당신을 보았어요
당신은
뒷모습도
언제나 참 단아하고 예쁘지요

머리 모습
옷매무새 모습
걸음걸이 모습까지
당신과 똑같았어요

난
부지런히 걸어
곁눈질로 힐끗
훔쳐봤지요

아뿔싸
내 눈에 명태 껍질

난

어제도

오늘도

내일도

당신을 봅니다

아들

올곧은 소나무가
숲을 이루고
산을 지킨다

햇빛과
물과
흙이
삶의 근원이다

아들은
큰 소나무
삶의 근원

딸

꽃은
그 모습 자체로 이쁘다

향기는
꽃이나 사람이나
그 자체로 좋다

딸은
이쁘지 않아도
향기가 나지 않아도

그 자체로
이쁘고
향기가 좋다

전화

밝고 정겨운 목소리가
전화기를 통해 귓전을 울린다

응~ 당신이야?
지금 어디야?
어서 들어와
맛있는 거 사 오구

언제부터인지
전화 수신음이 혼자 울리고
정다운 목소리가 들리지 않는다

집에
아무도 없나 보다

그리움 (1)

어제저녁에도
나는 보았지

형광등 넘어
가로등 넘어
당신이 손 흔드는 모습을

오늘 아침에도
나는 보았지

안방에서
주방에서
거실에서
당신이 나를 보며 환하게 웃는 모습을

계절이 바뀌는데도
당신은 항상 그 모습으로
내 안에 머물러 있어

언제인가

만날 날이 있을 테지

그 시간

내 옆에

그리움 (2)

수만 리 하늘을 날아와
호숫물 위에
사뿐히 내려앉은
오리 한 쌍

다정하게
물 위를 헤엄쳐 간다

물결 날개를 만들며
하루 역사를 적는다

물결은 파도를 이루고
잔잔한 노랫소리가 들리는데
서로 부르는
오리 말소리

지친 날개를 잠시 쉬며
발질로 마음을 연다
끝없이 이어지는 물결 날개에
그리움이 번진다

그리움 (3)

소나무 꼭대기에 걸렸던
노을이 가라앉고
검은 햇살 알갱이들이
소나기 되어 쏟아져 내린다

아파트 창문에
하나둘
불빛이 보이고
호수 위로 살짝 스쳐 간 바람에
불빛 물결이 은하수 되어 일렁인다

도란도란
정감 어린 속삭임이
귓전을 맴돌고

아스라히
보일 듯
들릴 듯
잡힐 듯
안개 속 모습만

그리움 (4)

발원지를 떠난 샘물
계곡을 지나
개울을 거쳐
강을 이룬다

시간을 삼키고
계절을 품고
막히고 뚫림을 넘어
밤낮을 모르고 흘러
여기에 이르러

두 손 한 웅큼 떠
얼굴에 적셔 본다

긴 시간
품속에 감추어 둔
속마음을
들여다본다

그리움 (5)

새까맣게 탄
안방 구들 아랫목
펴놓은 이불 한 장 밑으로
온 식구가 옹기종기 모여
꽁꽁 언 손발을 그 속에 밀어 넣고
이야기꽃을 피웠지

문밖에는
찬 바람이 쌩쌩 불어도
방안에는
따뜻한 정이 가득했지

"애들아 어서 밥 먹어라"
하시던
할머니의 정이 흠뻑 담긴
그때
그 목소리가 그립다

그리움 (6)

휘휘 늘어진 버드나무 실 가지에
버들강아지 새 촉이 조르르 매달리고

비취색 하늘에
거대한 비행기가 비늘구름을 그리며 난다

길가 실개천에
누가 띄웠는지 종이배 한 척이
둥둥 떠내려간다

겨우내
가슴속에 웅어리진 생각의 딱지가
솟아오르는 물줄기에
화산 불길 되어 퍼져 나오면
무수한 사연의 덩어리가 회오리 바람 되어
하늘로 날아오르고

종이배 가득 채운
마음속 아련한 그리움을
강으로 바다로 실어 보낸다

그리움 (7)

보고 싶다
보고 싶다
하얀 웃음
밝은 모습

듣고 싶다
듣고 싶다
따뜻한 목소리
정스런 잔소리

맡고 싶다
맡고 싶다
은은한 향기
사랑 꿀 내음

그리움 (8)

그리움이
쌓이고 쌓여
큰 산이 되고

그리움이
합치고 모여
바다가 되고

그리움이
퍼지고 퍼져
하늘이 되고

그리움이
자라고 자라
큰 나무가 되고

그리움이
마음속에 차곡차곡 퇴적되어
굳은살이 되고

그리움은

굴러도 굴러도

끝점이 없는

굴렁쇠

기다림과 그리움

당신 마음과 내 마음의
날줄과 씨줄이 함께 모여
우리 둘의 마음밭에 밭갈이하고
열매를 맺었지

그 열매가 씨받이가 되어
다시 황금 열매를 맺게 된다면
한여름 무더위와
한겨울 눈보라도
우리들의 사랑을 막지 못하리

오랜 인내와 침묵과 외로움 속에서
기다림과 그리움으로 벽을 치고
그윽이 들여다본 네 눈들이
마냥 얼싸안고 춤을 춘다

그날
당신 마음과 내 마음은
기다림의 벽을 허물고
그리움의 환희를 누린다

이 한마디에

사랑한다 이 한마디에
활짝 웃는 당신 모습
그 모습 보고 싶어
나는 날마다 사랑할게요

고맙다 이 한마디에
미소 짓는 당신 모습
세상 모든 게 고맙지만
당신에게 평생 고마워할게요

미안하다 이 한마디에
너그러운 당신 모습
그 너그러움이 언제나 나를 감싸주어
나는 숨 쉴 때마다 미안함을 안고 살게요

보고 싶다 보고 싶다
잊고 살다 지금에야
당신 곁에 안주하고
해 묵은 세월만큼
당신을 보고 싶소

그래도

그리움이 응어리져
하늘로 떠오른다

쪽빛 바다보다 더 파란
하늘가에서
터진 응어리가
햇빛 되어 내리다가
바람 타고 퍼져
땅 위에 가라앉는다

비눗방울 속
무상의 세계로
쏟아진
아련한 아픔은
꼭
움켜쥔 애기 손

용트림하는 몸부림
터질 듯 부풀어 오른 허파
토혈하는 심장

지쳐 늘어진 사지

언제인가
내 모든 것을 불살라도
허전한 공간
채움의 결핍은
지난날의 거품

그래도
그래도
그리움은
새끼 손가락 한 마디만큼이라도
더

맞잡은 손

맞잡은 두 손에
온기가 흐르고
정이 흐르고
마음이 흐르고
시간이 흐르고

따뜻한 가슴에
잔잔한 물결이 인다
언제나
두 손길이 한 손이 되어
멀고 긴 삶길을
한 길로 나간다

괴로움도
어려움도
즐거움도
맞잡은 따뜻한 두 손 안에서
모두
사르르 녹는다

그대

하얀 미소로
세상을 다듬질했지

고은 눈 깜빡여
세상을 마름질했지

언제나
마음속에 자라는 푸르름
끊임없이 퍼진 따사로움
손 닿는 모두에게 베푼 푸근함
눈 속에 담은 그 많은 꽃들

이제
그대
노래 고운
한 마리 새 되어 날아와
아름다운 소리로
속삭인다

아침 인사

눈부신 아침 햇살이
앞 창문으로 쏟아져 들어오고
아마 릴리스 꽃송이가 환하게 맞는다

정다운 손길이 떠난 지 한참
그래도 갖가지 꽃들이 다투어 아침을 노래하고

그 손길
추억으로 화분 가득히 넘쳐흐른다

반가운 얼굴이 보이지 않아도
꽃들은
그 손길 그 얼굴
잊지 않고
아침이면 찾아와

저마다
변치 않는 모습으로
반갑게 인사한다

제5부

내가 사는 이유

또 어제 오늘 내일

어제의 오늘
오늘의 어제
내일의 오늘
오늘의 내일

태양은 변함없이 뜨고 지고
바람은 갈 길 찾아 쉬지 않고 달린다
바위를 뚫는 물방울이
정수리를 두드리고
변화를 먹고 사는 구름은
하늘을 수놓고
산야의 푸르름은
삶의 순환을 계속한다

작년의 오늘
지금의 오늘
내년의 오늘

쉬지 않고 돌아가는 그림자를 따라
맑고 밝은 새 문을 연다

하얀 도화지에 새 그림을 그린다

또

어제

오늘

내일

오늘

그대가
장대를 타고
하늘에 오르고
나뭇가지에 걸린
하늘이 부서져
땅 위에 날아내린
오늘

그림 달력 넘기면서
어제를 돌아다보며
충혈된 눈으로
사계절 막바지에
마파람 맞으며
잦아든 숨소리가
하늘에 퍼진
오늘

그대
내 옆에
그림자 되어

멈추어 선 시간으로

마주한

오늘

삶 (1)

오 년 동안
땅속에 있던 매미가 앞날을 모른 채
창틀에 앉아 소프라노를 열창하며
더운 여름을 집안으로 불러들인다

한소끔
소나기가 지난 뒤
잔디밭 옆 길가에
잠시 숨 쉬러 나온
지렁이가
뜨거운 햇볕에 숨을 거두고

병 고치려
병원을 찾은 인생들이
병원에서
삶을 마감한다

울 밑에
달개비꽃이
하늘을 닮아 가는데

갑자기
하늘에 먹구름이 몰려 온다

삶 (2)

산이 거기에 있어 오르고
강이 거기에 있어 건넌다

올랐던 산은 다시 내려와야 되고
건너간 강은 다시 건너오지 않아도 된다

가야 할 길은
거기가 끝이 아니다

저녁노을 화려함은
내일도 다시 온다

오아시스

마음밭에 바람이 분다
메마른 흙바닥이 삭막하고
흙먼지와 모래가
안개 되어 날린다

밭이랑 끝에 푸른 풀잎
새들이 목을 축인다
마음밭 한쪽에
오아시스가 있다

모래사막에만
오아시스가 있는 게 아니다

저녁노을

붉은 불덩어리가
서산마루를 넘어
미끄러져 내려가면

황금색 햇살 부스러기들이
화산 되어 뿜어져 퍼진다

곰삭은 시간을
구슬 꿰어 목에 걸고
하루를 삼키며
서창을 열어 본다

새들이 분주히 집을 찾고
바람이
가만가만 기어간다

지하철 빈자리

누군가
앉았다가 내렸다

무엇을 안고 내렸나?
무엇을 두고 내렸나?

갖고 간 건 무엇인가?
잊고 간 건 무엇인가?

달리는 열차
비어 있는 자리

삶의
뒷자리

3·6·5

36점 5도씨
365일

내 일상
내 일생

왜
3
6
5
일까

팽이 돌이를 한다

어지럽다
많이 어지럽다

5가
부족해서

작년 이맘때 내년 이맘때

갈 길을 걷다가
돌에 걸려 넘어졌지
다시 못 일어나더니
집에 꼭 가야 한다고
병원 한구석에서
끝없이 조르던 작년 이맘때

당신이
오래오래
떠나지 않고 살 집에
마음고생 몸고생 없이
편히 지내며 살 집에

나는
찾으러 가려 한다
그런
살 집을 찾아 가려 한다
내년 이맘때

보인다

아지랑이 속에
꽃비 속에
안개비 속에
봄꽃 향기 속에
보드런 바람 속에

보인다
아련히 그리운 모습
그림 속의 진한 꽃으로

허기진 마음에
날아오른 작은 새
어제보다
더 진한 날갯짓으로
쉬지 않고
수를 놓는다

아~ 아
보인다
짙푸른 나뭇잎 사이로

찬란히 쏟아지는 햇살 사이로
샛노란 꽃잎 사이로
청명한 계곡물 사이로
가슴속 마음줄기 사이로

그 모습
보인다

걷는다

싱그러운 푸르름을 곁에 두고
어둠을 먹고 사는 터널을 지난다

보랏빛 매발톱꽃이
자태를 자랑하고
버드나무 꽃가루가
솜처럼 쌓인다

걷는다

사라진 기억을 되부르고
살며 얻은 거품과 환희를 맞고
다시 열릴 내일을 더듬어 본다

일상에서 맛보는 행복
꿈속에서 품는 충만
열린 시간에 맞이할 흐뭇함

걷는다

모든 걸 털고 하늘을 난다

현란한 햇살을 몸 한가득 담고
행복을 가슴 가득 키우고
그리움을 마음 가득 채운다

걷는다

함께 멀리

가슴 따뜻한 풀벌레 소리는
깊은 바닷속 영롱함을 품고

솔방울 흘리는 새 소리는
땅속 온기를 피운다

한번 시작한 소리는
끝이 없이 번지고

한번 떼어놓은 발걸음은
가이없이 멀다

어쩌다 놓쳐 버린
움켜쥔 두 손

다시는 잡을 수 없는 신기루

이제
나는 혼자서 빨리 걸어
그대를 만나

함께 멀리 가리라

신기루가 있는 곳으로

그곳

그곳에 가면
흰 눈이 내려도 벌이 나른다

따뜻한 심장이
거스를 수 없는 물결의 흐름을
모두 삼키고

살고 싶은 모든 삶이
허우적대는 몸짓에
뜨거운 피가 솟는다

답이 있는
시간의 흐름에
때때로
멈춤의 의미가 있다

그곳에 가면
소나기가 쏟아져도
나비가 나른다

洗心

아침에
부지런한 새가
힘차게 날개짓을 하며
밤새
녹슨 아침햇살을 닦아 준다

풀잎에 쌓인 먼지를
이슬이 닦아 주고
햇살이 쏟아지는 유리창의 때를
두 손으로 닦아 낸다
마음벽의 찌든 때는
훅
불어 털어 날린다

거울

세수하고 나서 거울 앞에 선다
어느 늙수그레한 인물이
나를 마주 본다

힘들던 이십 대
활발하던 삼십 대
중후하던 사십 대를 지나
거침없이 살았는데

나 아닌 나
거울 속의 인물이
후회 가득한 모습으로
나를 내다본다

지난 시간을 반추하며
성글어진 삶의 판에
자리 잡은 영상들
모두
주름 잡히고
머리 빠진

후줄근한 모습으로
마주 본다

내 마음 (1)

내 마음이 마음이 아니다
허공의 물방울이다

훈풍 타고 달려온
꽃향기는
마음 한구석
살뜰한 울림으로
주머니 가득한데

빈 가슴 멍울 자리에
가시나무 줄기
엉겅퀴 같은 내 손
잡을 곳 없는 메아리

형체도 없이
안개 속을 헤매는 내 마음
갈 곳을 못 찾고
길가에 우두커니 머문다

어디로인가 가야지

어디인가 내려야지
언제인가 자리 잡아야지

시작도 안 보이고 끝도 안 보인다

내 마음 (2)

내 마음은 해·달·별·땅
내 마음은 하늘·바람·바다·나무
내 마음은 구름·안개·비·눈

내 마음은 깊이도 모르고
내 마음은 넓이도 모르고
내 마음은 높이도 모르고
내 마음은 부피도 모르고
내 마음은 길이도 모르고

내 마음은 밴댕이 소갈머리

돌아가는 곳

뇌성벽력이 요란하다
창문에 내려앉은 빗물

저~ 먼 곳에서 날아올라
뭉치고 덩어리져 내려온다

다시 뭉치고 덩어리져 흐른다

본래 있던 곳으로
본래 있던 모습으로
본래 있던 삶으로

나는
한줄기 빗물이 되어
창문에 내려앉는다

내가
갈 곳을 찾아서

내 마음 그대 마음

소곤소곤
마음바다 바닥에
질펀히 깔려 있는 이야기들을
두 귀를 맞대고
속삭였지

조곤조곤
많은 지난 시간을
다시 불러
바램과 후회와 기쁨을
주고받았지

가만가만
봄 여름 가을 겨울
우리만이 아는
그 길을
둘이서 손잡고
걷고 또 걸었지

내 마음속에

항상

그대 마음이 함께 있어

내가 사는 이유

구름이 하늘에 뭉게뭉게
비와 물 얼음과 눈을 먹고
마음대로 배설
자유분방한 모습으로 어우러져

바람이 먼 길을 날아
꽃과 나무와 갈잎을 먹고
콧등에 앉아
부풀어 오른 풍선 위로 사라져

햇살이 환한 불빛으로
밝고 따스함을 먹고
넓고 깊은 대지에
씨를 묻고 뿌리 내려

하루하루
변화무쌍한 무지개 심장
내려앉은 구름과
볼을 때리는 바람과
흐릿해진 햇살에

하루 일상이 뒤죽박죽

뇌가 머리를 빠져나가고
텅 빈 가슴

오직 먹기 위해 살고 있는 오늘

내가 사는 방법

시간 먹고
돈 먹고
밥 먹고

숨 쉬고
잠 자고
배설 하고
몸 아프고

또
또
또

더하기와 빼기

언제부터인지
내 마음은
주름이 많아지고
그 주름 골골이
그리움이 켜켜이 더해져
딱지가 되었습니다

수많은
시간의 조각들이
딱지를 쪼아
부스러기를 만들기 시작했습니다
점점
더
부서져
빠지고 있습니다

주름이 펴지고
딱지를 부수는
샘물이 있습니다

봄은 문 밖에 와 있는데

초판 1쇄 발행 2023년 3월 29일

지은이   오덕환
펴낸이   이기봉
편집   좋은땅 편집팀
펴낸곳   도서출판 좋은땅
주소   서울특별시 마포구 양화로12길 26 지월드빌딩 (서교동 395-7)
전화   02)374-8616~7
팩스   02)374-8614
이메일   gworldbook@naver.com
홈페이지   www.g-world.co.kr

ISBN   979-11-388-1733-2 (03810)